一枕明月

张丽萍 著

南方出版社

图书在版编目（CIP）数据

一枕明月 / 张丽萍著. -- 海口：南方出版社，

2025. 3. -- ISBN 978-7-5501-9596-7

Ⅰ. I227.2

中国国家版本馆CIP数据核字第2025GV8269号

一枕明月
YIZHEN MINGYUE

作　　者　张丽萍
责任编辑　白　娜
整体设计　建明文化
策划出版　北京泥流文化传媒有限公司
出版发行　南方出版社
邮政编码　570208
社　　址　海南省海口市和平大道 70 号
电　　话　（0898）66160822
传　　真　（0898）66160830
印　　刷　三河市华东印刷有限公司
开　　本　880mm×1230mm　1/32
印　　张　6
字　　数　110 千字
版　　次　2025 年 3 月第 1 版
印　　次　2025 年 3 月第 1 次印刷
书　　号　ISBN 978-7-5501-9596-7
定　　价　55.00 元
告　读　者：如发现本书由质量问题请与印刷厂质量科联系　T：010-8571768

目　录

4

第二辑 边走边想

一路踏歌

YILUTAGE

乡愁

三条河穿过一座城

如果河流也有记忆

隔岸灯火　风吹云散

是谁在河边含笑拈花

杨柳堆烟　无重数

红了山花　瘦了秋水

每个人心中总有一座城

走走留留纠结的爱与哀愁

千山万水望穿来时路

渡不过你的忘川

回不到你身边我辗转经年

扯不断手中的线

是你织下的天罗地网

每行一步都是生生的痛

一路向西　前方是你远远的召唤

山风吹来一粒尘埃落在眼中

是她带来的讯息

临风　把盏

还我的碧云天　我的黄叶地

思想

我还过着锦衣玉食的生活

思想却干涸如冬天的戈壁　雁字归来

对着天空想不出一行文字　来表现

春花秋月小桥残雪的悲喜

想要撕开这样的日子

像雷电扯开天空大幕　诗人说

生活在别处

在思想的领地

我依然渴望是个孩子

每天看到的都是新世界

落笔空灵文字

像精卫飞越大海

十七岁

记得那年校园

后墙边开满玫瑰

一棵槐树

爬上二楼的窗

子夜时　我们围着烛光悄悄唱

《水手》

夜晚总是来得很迟

白天热烈而悠长

阳光透过树影

洒下一地斑驳　知了一声声叫

你坐在树下弹吉他

风吹过树梢

光影在你的脸上　忽明忽暗

刘海下的左眼　像星星闪烁

毕业后你我匆匆别离

锦瑟年华不知与谁共度

我们都是善感的孩子

每年花飞的季节

我忍不住泪眼迷蒙

那些走过的人和光阴

像这漫天飞舞的花瓣

撒落一地　明媚而忧伤

单车

六月十号

像电影的开场

我们骑着单车从山上飞奔而下

风在耳边呼啸

西山上细雨微寒打湿你额上的发

蓝莲花海一样汹涌　你从花海驶过

笑声像断线的珠子一颗颗散落在风里

风一程　雨一程　一程又一程

花一层　路一层　层层复层层

这些多像离别前的镜头

当时却傻傻以为是平常

后来你去了另一个城市

那里有如织的夜色　和梦想中

流光溢彩的生活　我轻叹一声

翻开相册

那年的光影重现

一川烟雨　满城斜飞

你的单车　越走越远

一念慈悲

在这将暮的黄昏

我独自走向经纶

一弯月亮落在塔尖

炊烟飘起挂在树梢

黄叶的果树

像骤然消瘦的女子

枝头稀稀落落　鸟声婉转

山顶上的经幡被远天勾勒出深灰色的边

我登上八十一级台阶

每行一步都是爱和安宁

经幡在猎猎风里低吟浅诵

苍穹下闪烁着菩提的光辉

而我如同宇宙中的蝼蚁

这样的渺小　让我

对人类充满悲悯

一念天堂

我即是佛

一念慈悲

天地祥和

一路踏歌

我总是忘了向你低声诉说过什么

一次次焦急地辗转在季节边缘

看见你禁不住泪落如瀑

东风西风不断传来亘古

隐秘的呼唤

低低母语絮絮远古的呢喃

在每一个日落黄昏

看苍穹静谧在辽阔的草原上

星光闪烁智慧的光芒

夜虫低唱　忍不住

双手合十　时光在百年前

婉转流逝

打马行走在如海的草原上

落日隐没云端

夜风如泣如诉

我像一个不知所措的孩子

语言在舌尖流浪

姓氏跌落在史书

远处传来天籁般歌声

千年不变的婉转清越

这是先祖的召唤　细细

诉说游牧百年的　桑田

更替了沧海　而今面对

连绵的草原啊

除了　低吟

高歌　我想不出用什么来

诉说

我的依恋

原载于2007年《中国人民防空》杂志

青梅心

夜来香开了

小鸟打着盹儿

收割机在田里弯弯曲曲作画

爸爸和骡子无邪的眼睛对视着

传说骡子的眼睛是可以放大事物的

照出的小孩巨大无比

我骑着马

邻居哥哥还没有出来看到我的新鞋

《诗经》三百首我只学会了一句

窈窕淑女　君子好逑

十四岁的君子骑着竹马

我在如山的书后看他

青梅开了一个夏天

树上知了一声声都是催促

我坐在树下读书

思无邪

走过了整个青春季节

静止的时光

冬至那天

你背着行囊还在路上

日暮的村庄烟波袅袅

处处都是乡关的影子

一个人走在别处

看见的是风景

看不见的是心情

走近的是灯火

走不近年少时　家的味道

母亲炉子里的炭火

添了又添　照亮鬓角白发

八仙桌上水饺渐冷

等　是静止的时光

回头遇见花

总有许多微小的幸福

当时只道是平常

燕子在屋檐下呢喃

桥下春波如碧玉

夜来香偷偷开绽　满城迷醉

站在城市的最高处

霓虹像散落的星

我们像飞落银河般

从山顶奔下来

你回头长发如瀑掠过

刹那春雷滚滚而来

花朵齐齐绽放

鹅卵石的沙滩

鹅卵石的沙滩闪着光

你的笑容是日落后唯一的暖

踏上同一片岸

牵着同一双手

未来的某月某日

在遗落的黄昏的此时此地

槐花簌簌落下

扑落一地离愁

我们总是没有学会好好说话

一次次离散和聚首

任沧桑穿过面容

拿什么和岁月抗衡

冰冻我的容颜你的初心

岁月总喜欢偷梁换柱

不甘心和年龄和平相处

每一秒都想十指相扣

秋风不悲　画扇旖旎

路走了这么远

爱总是那么短

十夜诗心

如春绽放这日午后

拉开序幕

起风不曾共舞　空自

繁华落尽

落叶离开莞尔多情

笑意枝头空许

窗内阳光窗外道　伊人一笑

经年回首　陌上人如玉

岁月从不败风情

怕只怕美人对镜花辞树

每场意外都似用心

你的笑颜如酒

浓烈秋风黄色叶　匆匆又是经年

月下星火划动眼眸　波光粼粼成背景

多想把瞬间变成永远　却怕

这岁月偷换了初心

留不住的时间像握在手心的沙砾

漏下恐慌的模型

猜心连连看　生怕不小心
错付曲线

着艳丽的裙　穿过长发的眼
明明看出你用力表演
红酒杯一碰碎了
几百个碎片里的脸　粒粒都是不舍
你眼角纯真
偏偏尽说些苍凉的话
灯火阑珊　是你清冷的容颜
他们说你是被惯坏的孩子
笑着撕破了一个又一个玩具
不过只是想要一个完美的布娃娃

"妈妈给我的娃娃　藏在房后的树下"
十月街上都是不羁的灵魂
我们用鸟语对话
寻找另一种语言的通行证

风吹过屋宇和小巷

像童年的街口　　花瓣铺在街上

你说你一直都是梦想里的自己

流年

雨送黄昏中你的样子

那些岁月仿佛重演

时间的沙盘划过手指间隙

时光一去永不再现

那些光华的眉眼渐渐爬上痕迹

庸常岁月磨光了我们的印迹

情深敌不过流年　你的眼神

刻在某年某月某一天

天地失却的颜色　如我眼里看朱成碧泪纷纷

走过的过去拼不起完整的回忆

每一次想念都是回忆的刀耕火种

寻找下一个出口

如果世上还有唯一和永恒

谁爱做辗转的小丑

你的身上有着阳光的味道

让人沉溺的温暖

我想住在阳光的山上

一个人一座山　在老了的时候
还能够见到你
像二十岁那样崇拜的眼神

想给你最好的一生
在遇到的时候在你降临的瞬间
你的忧伤的童年是我的错
就像我纠葛的青春和一生
那天酒后我回到婴儿的时代
对你说我只想暖
哪怕是卖火柴的小女孩
包着头巾　流泪却温暖

小时候我们多么喜欢演练
我待在安徒生的冬夜里
对你点燃第一根火柴
自此后的我　在刹那光华后记取一生

童话是你给我的

是我留在孩子的眼睛里的

最后我们在童话里渐行渐远

秋风

我远远看着你

一盏灯一个人　长长的影子忽明忽暗

有风吹乱头发

像一个乖乖的孩子

心疼渐渐泛出眼底

不敢问上苍要一生一世

怕自己不够好

辜负了深情厚意

秋风如期吹起

缕缕吹入眼里

有落叶轻轻叹息

在你身后铺满一地

不忍看你孤单单走

雪落黄昏　雨打廊檐声声紧

谁陪你守护晚来的孤寂

星夜窗前独倚

灯火传来你的气息

街头有谁唱着离别的歌

风吹散渐渐苍白的你的脸

氤氲里　让我回忆至今

神曲十三页

她傻瓜样依赖我

说着莫名其妙的言语

犹大在我左耳边

絮絮叨叨的谎言和欺瞒

嘲笑她　　蒙蔽她

赞美诗若天籁齐齐唱

盛大开宴　　最后的晚餐

穿上华服闪闪眼晕低垂

我是那个左右圆谎的撒谎精

不愿听到她梦碎的声音

她在灯影里陶醉

我暗暗伤怀

为这操纵的话渐乏味手渐冷

我起身说再见

碰翻红酒摇落一地如血

恰似那天夕阳剪剪隐去

还你在我背后痴痴笑

一个画家的江湖

一个人走过远方　且行且歌

黑白默片定格在纸上的你的江湖

狼行千里

在寂寂夜的雪地

清凛　如你的骄傲

光阴记取一座城

城里留着你路过的痕迹

苍鹰掠过天空

一路山水一程歌飞

大碗酒燃起豪情

挥毫　漫山墨香瓢泼

那年你邀我去看唐卡

微笑着的你

如温暖裹挟在天空里

画笔　像落在宇宙一个点

你在宇宙中把握

时时想起远行的你在地图哪个地方豪饮

哪里伤了你的心哪里羁绊住你的脚哪里变成你的
又一个故乡
当肥肥的牛肉呈上苍凉的风景在眼里至真的情谊在
身边
你华丽丽地流浪在何方

华年

独自走过街前橱窗

槐花飞扬着那时模样

午后阳光慵懒　日日消融着

那年的印迹

窗帘隔断的岁月

如路上匆匆行人

无复再想窗内流转的青春

一如这繁复日夜　当走过

一路暗伤后

你是否还能够

记取我如花的笑颜

相遇无期

远远看你走过背影寂寥

以为是平常

却分明有断裂的期许

丝丝触痛小心的笑容

岁月像一柄双刃剑

刻伤你沧桑的额头

也将你的名字一笔笔

刻在我的心上

祁连·记忆

如果一次次迁移带不走你游牧四方的忧伤

谁的喜乐搁浅在这道道山岗

如果九排松承载不了日月偷换的苍凉

谁的安康能接纳你扑面而来的风尘

百年前的康隆寺

我是寺前的一棵小树

你是那叩拜的牧人

渴望中风调雨顺的年景又一次

与你失之交臂

我无力降福于你

只有和你一同祈福黑夜匆匆而去

迎来你的　安康喜乐

如今的你

已化作　那连绵的雪山

日夜奔腾着

欢乐的源泉

而我　依旧是

寺前那株郁郁苍柏

守护着你的希望

看着日月沧桑巨变后

你的草原阳光下

风吹草地花遍野

你的牧人

日日欢唱着

生生不息的牧歌

原载于2008年第2期《甘泉》杂志

青春

候鸟飞过天空
有风轻抚鸟羽
春花摇落窗前
秋千独自沉沉

走过无数青葱的岁月
你我已不复那年的纯真
岁月原来可以这样
留下的是不变的河山
带走的是年轻的容颜
无论你我怎样挽留
青春在他最美好的季节
绽放了渐远了
不知在谁的好梦里
在谁的酒杯里
留待谁的相思泪

青春（二）

即使我已不可遏制地老去

昏黄着双眼　　照片里

白杨在你身后

披落一身婆娑的光影

白衬衣渐渐发黄

你的牙齿闪闪发光

那年的野玫瑰遍野芳香

而我已不能和你再踏上

开满花径的后山坡

青春　　划过天空

相聚是多么短暂

直到别离

我愿还是那个懵懂少年

只有欢笑没有离愁

阳光轻抚过耳

阴山下风吹草低

我的爱人依旧　　白衣胜雪

挥舞着牧鞭

走过长河

斜阳似火

言爱

如果世界沉没万物归于混沌

你从山海经里走来

唯有爱情永恒

而今我们羞于奢谈这个词

相视间　眼神　闪烁

不复往昔

曾经爱过的人

不敢轻易言爱　怕一语落地

桃已走　云已飞

深情敌不过流年

美梦飞不过忘川

日日风雨吹打你的样子

唯我紧闭心扉将你囚禁

曾经你的沧海

终成我无法飞渡的一生之水

一个人的秋天

就像多年前的一阵风

云起后的天空

泛起圈圈涟漪

思绪像天一样高

一地落叶

心就悄悄湿了

一如雨后暗褐色的山峦

层层叠叠都是梦里的颜色

傍晚广播里唱着橄榄树

一声声　召唤客居的人

记不清童年时你的小模样

也忘了离开时妈妈后院里

杏花的颜色

曾经家的样子

就像这岁岁朝朝的秋天

婉转而忧伤

原载于2007年甘肃文化出版社

出版的《裕固文艺作品选》

电影

那时候

天总是很长

你的右口袋里放着电影票和五香瓜子

左口袋里放着我的右手

小巷很短　刚开始就走到尽头

你的眼神穿过我的头发　你说

南方有好风景　雨巷里丁香花

一株株开到荼蘼　总也走不完

北方的雨下得凄迷

梅花瓣一片片落成泥

镜中看见我年轻的容颜

如花朵般寂寥　你的南方

遥远成一道幕布　从此

我在幕前等待开场

你在幕后越走越远

一剪梅

如果　这次别离就是永远

我宁愿　依旧

笑看山花烂漫而不再

将你的影子　散在空气里呼吸

可是　可是

又怎么能够

无视你的存在

看你如风影走过

一抹笑容　弥漫

霎时间

灼灼其华　万物生

而我　徒然在小亭台

日日守候　天涯的你

晴可曾来

雨可曾来

原载于2007年甘肃文化出版社

出版的《裕固文艺作品选》

千年的黄昏

更多故事　在将暮的时候
像拉开了天鹅绒大幕
晚霞和归鸦在幕上舞动成
最后绝响　点点山峦渐渐隐去
一如回到初始模样

一个人千百次走过这条小径　我想
这才是此生最美的时光　年少时
以为孤单只是暂时的　而如今
相伴只是偶尔的慰藉
孤独才是忠实的伴侣

我走过很多地方
见过很多正当好年龄的姑娘
而这些地方
这样的好年龄渐渐离我多年
在将暮的时候　更多故事
像徐徐拉开的大幕
回到最初的模样

地下的城

圆桌脚边的镂空

在老房子里幽幽发出光

桌上瓶里

插满长生花　窗棂半掩

一千年来　她望着窗外

那思归的人　正打马在门外

带着玛瑙的项链和

镶满贝壳的头饰

嘚嘚的马蹄声　已经踩在她的心上

风沙淹没了这个城市

思念在地下凝固

一起陪伴三生三世

你与他的缘分

只能够咫尺里相望

无题

当我张口说爱的时候

一群乌鸦嘎嘎嘎笑着飞过

当我默默守候的时候

上帝在窗前放了一声雷

我低头无语

天空云淡风轻

在速食年代里　　他们说

真情敌不过　　真金

有些言语一张口显得突兀

有些深情除了深藏无从提起

我在你的记忆里思念

你在我的书简里发黄

失孤

许多年了

她还在这里等　从不敢移步

怕你路过回家的路

看不到树上的黄丝带

下一个路口又在哪里　那时候

沿途新鲜的青草味道

你扬起脸儿说　妈妈

后来她不再收割青草

因为满地都是你的小脸

那年晾下的榆钱儿还在你的小毯子里

甜甜的蜂蜜味儿　你说　妈妈　香

你的小黄狗的孙子偎依在她身边

村口小榆钱树长成了林

柳絮染白了她的大辫子

天空打开另一维空间

周而复始又走向熟悉的路

光影一串一串披在她身上

伸伸手拉长了她的有生之年

你还是那日的模样
这微小的欢喜就是她生存的希望

这一年经过挂满丝带的树
所有的记忆瞬间鲜活
你辗转回到村口
小黄狗还在　而她
轻眠在房后的山岗里

元夜

元夜时

来不及点起灯

就被月亮披了一身清辉

这是三百年前的月亮

躲在今晚柳梢里

散布着遥远而隐秘的气息

花市的灯　照不见

去年的路

黄昏后　伊还独倚在

灯火阑珊处

这一分分流逝的夜　如玉笙

声声吹寒月色

草原恋歌

那天站在毡房前

阳光从指尖上流过

我的脸蛋比苹果还红

太阳已经走了三千三百步

我思念的人儿

不知搁浅在哪道山梁

阿妈说好女儿要唱歌

歌声会指引回家的路

我唱一声声长调　弯弯转转

歌声翻过九十九条大山

九十九条大河

每道道山回应着

马蹄声嘚嘚地敲

牧羊犬欢快地叫

草原上雄鹰已越过羊群

我心中的人儿

捧着洁白的哈达

踏着露珠歌声清越

整条街放着《忘情水》

一声叠一声拨动心弦

雪花片片飘落

街道上三三两两华丽女孩

她们是城市的公主

我家在很远的山上

冬天里尘土飞扬

妈妈不许我穿高跟鞋

她只爱勤劳朴实的孩子

可是　可是我长成了虚荣的女孩

每天在镜子前顾影一百遍

像神话里的纳西索斯王子

幻想着变成水仙花般娇艳

那年的圣诞节

我偷偷穿起姑姑的大摆裙

踮着脚　走在城市的街上

小橱窗里冰糖葫芦红红艳艳

气球拧成五颜六色花朵

麻辣汤锅的热气模糊了食客的背影

圣诞老人还没有驾车回来

我急急忙忙往家里赶

不小心扭掉了高跟鞋

我还是那个灰姑娘

总也穿不上水晶鞋

忆秦娥

夜晚像熟睡的眼睛

这如缎的水面

在梦境里微光粼粼

远山褐蓝色的轮廓

铺排在丝绒般的暝色里

散着微微的气息

一千年前也是这样的夜色吧

那个月影里吹箫的女子

独倚在小楼里眺望

在秦地古道上

每一骑飞奔而过

都没有捎来他的讯息

西风残阳　音尘绝

秦楼的月亮

千年万年不变的模样

她轻叹一声

箫声咽　月光寒

捐献

——写给器官捐献者

当我站在山岗上

如果这是我在尘世的最后一天

我曾想　倒在花丛中

或者清冽的溪涧旁

但,这些都不是我想要的归依

我多么希望还能够站在你们面前

看着你的脸　离我越来越远

听见我的心　跳动在你的胸腔

看见你的眼睛里闪烁着我的眼神

闻到你的呼吸里留着我的味道

而我的年轻的血液在你的脉搏里沸腾

我听到自己骨骼和肌肉啪啪的裂变声

分子在空气里飞散

直到消于无形

而你,还能够看到我嘴角最后一抹笑容

刚烈而尊严

用你的身体承载我的梦想　生命不息

笑傲江湖

那年傍晚下起小雨

我们坐在炉火旁　后窗里天光渐暗

炉子上汤滚滚　微醺里

你唱《笑傲江湖》　火光照亮面庞

又远又近的距离　匆匆而去的青春

多年后

我们又相遇了

你的青丝里白发暗生

双眸却依然清澈

原来

咫尺天涯

不是距离而在人心

笑傲江湖

笑的是尘世悲欢的忠贞

傲的是心中不流于世俗的坚守

当天夕阳剪剪　风夹着微暖

你豪气如虹

一枕明月

他们说你病了

找了很多地方

为你买了这个枕头

想装作不经意送给你

你却从没有经过我门口

它静静载着夜的我的梦境

替我一天天模糊着你的面容

我真的忘了你的样子

只有当天一抹夕阳

在窗外二月天模糊

你曾带我走过的山梁　白雪依旧皑皑

原来心曾这么近的相似

却这么远的平行

曾经那个小孩

杏花又开了

风依旧没带来你的讯息

我的头发短了又长

细纹悄悄爬到心上

他日有人说风霜已染上你的双鬓

我笑着眼泪滚落

你还在我心里

是小小童年的模样

白衬衣白球鞋白白的牙齿

岁月催我老吧

求你求你千万别去打扰到他

那年二月

有一天

在黄昏的山谷　我们经过一座寺院

有晨钟暮鼓　麻雀和昏鸦

还有深深的围墙　挂锁的朱门

我看着你的侧面

以为　永远就像当天你我相扣的手

自那天以后

像电影蒙太奇的手法

你消失在人群里　是心有尘埃吧

连佛也不再庇佑

一任记忆断裂

人们喜欢听着流言揣度你

却看不见你隐藏的真心

有些人错过就是一生

有些人注定

只能鲜活在记忆里

清欢

喜欢

半梦醒时　月落窗帘

花影暗移　一地清辉

喜欢黎明前在东山看西山

月牙半挂　星星疏冷

喜欢傍晚雨打芭蕉沙沙

喜欢清晨廊檐滴水嗒嗒

每当走过相同的场景

都像是一场一场穿越

那些少年时代遥不可及的思念

还有很久很久不变的童真

一直躲在我梦里

依旧当年小模样

恋恋回忆

什么时候妈妈门前的金盏花开了
我还能够追赶整个下午的蝴蝶
那时候仿佛永远是夏季
母亲穿着白底碎花衬衣
在门前小溪旁梳头
阳光洒在水面上　像水银闪烁
她的长发柳丝样摇摆

后来我去过很多地方
城市里还留着
年少时跋山涉水的梦想
在每一个星光暗淡的夜晚
我拿起笔
试着画出童年的样子
记忆里的蝴蝶
再也飞不到我现在的窗口了
年轻的妈妈惹上了银丝

江郎

我见到年少时你的激昂文字

灼灼如一轮红日闪烁在南朝的天空

五色笔光芒万丈在梦里美丽而生花

想想你年轻英俊的面孔

怜惜纠结腾草样让我心疼

当年华已逝风采不再

你的悲哀是否如这

滔滔江水在滚滚岁月里

除了沧桑依旧沧桑

原载于2002年第5期《牧笛》

草帽

风吹走墙角爷爷的草帽

滚过一地稻香

我在后面奔跑

想着爷爷稀疏的白发梢梢

像沙子飘入眼中

怎么也揉不出的涩痛

十年以后

风吹过爷爷的坟顶

芳草萋萋

想起那顶草帽啊

在冷冷的世界里

有没有　有没有

风轻轻走过后

滚落的痕迹

原载于2002年第5期《牧笛》

守望之城

每天清晨

我重复着相同的路

五百步青草味道微微苦

一千步灯盏花初开绽

三千步两岸垂柳舞飞絮

五千步风吹杏花落如雪

八千步妈妈家门口烟火袅袅

记忆全是这座城

每走一步都牵动心中的藤

这平平仄仄的路

蜿蜒在日里夜里

我只想　只想

在年轻的时候

将风景一次次沉淀　镌刻

在暮年里打开依然鲜活的记忆

过去的光景一幕幕重现

生命恍若重来一次

浅浅知秋

夕阳在水面半江瑟瑟

紫色喇叭花深锁清秋萧萧落叶

鸽子翻飞长天远

酒入愁肠无由醉

霜的气息渐渐笼罩

我还是更喜欢再晚些的月份

一切已定格　季节已替换

天空明澈　大地将息

夏天还没过完

燕子却趁着季风来了

我在镜子里看见自己的脸

皱纹画上眼角　我以为　青春还会长到

那些个看不到边的悠长而又浪漫的午后

长到永远美丽的样子

人潮汹涌　再相逢何处

曾经生机勃勃的那个我

像走在日月的边影上

看自己的影子小心翼翼地

踩出细细碎碎的嘀嗒声，一个人走

牛顿家的苹果树

雪山下的地里只能长出青稞和白杨

生物老师说可以嫁接出莫名其妙的水果

我家后院里只有一棵杏树和一棵白杨

每年春天开满了花

却没有结出一个杏子

生物老师说植物也有性别

每天抱着书本我写不出数学的答案

妹妹翻出课本第 53 页说

被苹果砸中的孩子才会变聪明

可是苹果是什么样子

我们只在画里见过

终于有一天见到一个苹果

我流着口水把它给了妹妹

妹妹闻了闻给了弟弟

弟弟吃了苹果考上名牌大学

我们把苹果籽种在杏树里

天天在树下读书

等了三个秋天也没有掉下来牛顿的苹果

只能上一个普通的大学

狼毒花

漫山狼毒花　开得艳丽

像下了咒语

占山为王的　从前是武力现在是

基因密码

羊群在花丛边小心翼翼和蚂蚱抢食

狼毒花摆出各种姿态诱惑过往昆虫

到处撒播生生不息的种子

在北方贫瘠的高原上

我还是最喜欢这剧毒的花

每一季节都开得卖力

像安徒生的火柴

燃起生的熊熊梦想

十月·家乡

鸽子在空中摆弄灰色的翅膀

秋把颜色泼在屋檐的喇叭花上

田埂上　乌鸦披着大氅谈论秋事

电线上挤满了取暖的麻雀

黄昏将傍晚拉长

雪山上松林漠漠

闪烁着亘古的幽光

我站在三十年前的路上

时光将这风景永恒成初始模样

风霜却渐渐铺满身后　断了来路

而我忧伤的渊源是

如何能够让我　拥有这不变的风景

在每一世轮回的路上

紧跟着归飞的宿鸟　长亭更

短亭　回到这十月的故里

缘

清晨我顶着第一缕阳光

仰头看高高的佛塔

昨夜梦历历在目

香雾袅袅　佛眼微启

今生你我的缘分

如这东西山上的霞光

在遥遥相望里

各安一隅　各自安好

如幻之约

月亮撞破河水变成一条条银蛇

像美杜莎妖娆扭动的头发

黑夜张开翅膀落在岸边的果树上　像

白雪公主的继母　身上装满邪恶的红苹果

月亮和乌云密谋绑架天空

变幻出各种形态捆住我窗外的地球

行走在夜晚的街道

每一丝风拂过

感觉你就在眼前　你离开

三天零三小时三十三分钟

我忘了问你电话号码

十一个数字 N 次方个概率排列组合

拨到食指发烫

我坐在街头长椅上

数来来往往的旅游鞋

一双熟悉的白球鞋停下来

一瞬间天空仙乐飘飘　花儿瓣瓣飞舞

我的村庄

走在妈妈家的路上

童年的画面又一次复活

那些鹅卵石上还留着两只小脚印

这些脚印曾一千次踏在我心上

有些关于宿命的东西

我们不懂它的来历

就像这半个月牙

挂在幽黑的白杨上

像三十年前的月光

照在三十年后的村头

似曾相识的悲悯

而此刻　在暮色里　我渐渐

有了细微的欢乐

因为　因为

这熟悉的村庄　还亮着

妈妈的灯光

流浪童年

"天真热了"

妹妹趴在窗台上造句

"假如果子熟了，姐姐会摘下来给谁"

老师笑了

天真和如果

原来可以这么排列

那时候门前有小溪流过

我们光着脚丫捉蝌蚪

金盏花黄灿灿开了一院

千百只蜜蜂蝴蝶在眼前飞舞

风吹柳叶簌簌地响

大太阳仿佛从来没有落下去过

没完没了的蝉鸣

妈妈的鸡毛掸子每天在眼前挥舞

如今　每当坐在书桌旁

我以为

又回到过去的模样

童年藏到很深很深的地方
像一只流浪很久的猫
走在永远回家的路上

魔方

没有谁喜欢孤独模样

路灯亮起来

过往的岁月

拼不起一个完整故事

岁月就像这足球场的网

将整张的日子

切成一块块魔方

如果有一天你来

转动魔方

重新排列过往的颜色

记得让我做你手心的那一面

外婆家的夹竹桃

飞机落下

机场外的树上开满大朵花

夹竹桃树影透出灯影

这么烂熟于心的场景

忧伤像暝色一般笼罩下来

还是 1979 年的时光

在极北的微凉的夏季

只有野花疏疏落落　而

外婆家的院子里

七彩的大丽花满园怒放

夹竹桃在院子里鹤立鸡群

我坐在树下幻想绿野仙踪

外公在旁边教着三字经

外婆变出各种食物

夹竹桃是童话里的花

带着外婆绝世独立的厨艺

活在我心最深的地方

电影

沉到底的黑

忽然　尖锐的声音充满

像流星划破夜

像利器划过牛皮鼓

就这样沉溺到虚空

让人忘了今夕往昔　冬夜里

我更喜欢坐在第一排的大屏幕前

仿佛　世界在时空里停滞

所有的悲喜

都变成皮影画中的脸谱

年轮在光影里　永恒

岁月

清晨五点半走在街上

布谷鸟起劲地催　天际微白

是千年万年烂熟于心的笃定

那种童年时根植于心的忧伤

时光把我以为一辈子都会相随的

风景　渐渐拿走了

当初我以为不变的少年情怀

也遗落在路上了

有关青春的章节　夜夜在心里惊涛拍岸

在无声无息的白昼里

微露些端倪

中秋

又见中秋

把酒对影成三人

月锁清秋，花影暗暗

愿是铁马冰河入梦

回头看见

在稀稀落落的楼群里

你的窗，透出一缕星光

记忆是封存的相册

翻开它

锦瑟年华渐渐发黄

除了追忆

还有怜悯

月亮眼

公历九月的中秋

傍晚拉长了月亮的脚

父亲牵着骡子轰隆隆打场

桌上的西瓜总也等不到切开的时候

我更喜欢在十月里过中秋

围在暖锅边　过了很久

钟表还不到午夜

心里隐约腾起欢乐

爱着的人都坐在旁边

带着富足的慵懒的神情

像催眠的节奏　睡吧

夜半醒来

亲人的鼾声此起彼伏

月亮才照进窗台

这喜乐平安的模样

像刻在心里亘古甜美的

梦境

山月

城市里

欲望失却了五颜六色

想念山上的老屋

夜半月影照西窗　廊檐牵牛花摇曳

星星随云隐隐落落

偶尔有轻语声

分不清是梦里呓语　还是

鸟儿在外面呢喃

心在黑夜里休息了很久

黎明我迎着太阳　身轻如燕

看戏

那时候　奶奶还没有白头发

她驶着驴车去看社戏

窦娥六月天飞雪

铁面无私斩美案

苏三起解洪洞县

赵氏孤儿托忠义

四郎探母心悲凉　故国此去家万里

苏武牧羊十九载　苦寒之地不改节

冬日农闲时　我们辗转在每个戏剧班子中

铿铿锵锵地打板

风光旖旎的舞台

我亲爱的奶奶

带我走在长大的路上

人们总是选择淡忘苦难

渴望英雄辈出

那些文人气节民族情怀

在代代相传的

历史长河里

熠熠生辉

秦腔

公园里　每天

有老人在唱

大秦之腔　梆子声板胡声

这么热烈　这么喧嚣

而暮气就像秦腔的老生

怎样激越飞扬

都透出英雄末路的苍凉

辞镜

镜子里花容失却

宛若落花离开枝头

当我走过年轻的岁月

风霜渐渐爬满眼角

那年离开以后

孤独是我隐秘的乐趣

左手年华

右手梦想

而今我学会了怎样坚强地生活

却渐渐忘了

怎样去狠狠爱一个人

为他放下所有

绿罗裙

多少个夏日

在期待的眼眸里姗姗来迟

当蒲公英在林间开绽一地黄花

知了落在麦田悠长地低鸣

清晨阳光在豌豆花架落下斑驳花影

我站在田埂上

看着你从朝晖里走来

草叶上露珠落满绿罗裙

后来看到每一片绿草萋萋的地方

我都潸然泪下

生怕踩疼满地芳草

就像那日你的绿裙　飘去飘过

夏天记忆

在冬天里

我无比想念夏季

那些悠长的白昼

山丹花开了

染红整个山岗

弟弟在山尖上追赶蚂蚱

笑声惊起一群山鸡

山下是爷爷家的老房子

屋后白杨树落满小鸟

野刺梅在门前招展

爷爷是种树能手

哪怕一根小木棍也能够

长成参天大树

在星星未落的黎明

爷爷叫醒沉睡中的我们

门外白杨树像皮影画里的山魈

随着风吹口哨　挤眼睛

场院里麦垛像城堡样矗立

我们揉着眼一捆捆解开麦子

摊在空空的场院

骡子醒来了

铁牛也醒来了

炊烟蓝汪汪飘起

像化不开的丝带

把整个村庄缠绕

想念一个季节就像想念一个人

那些挥之不去的美丽情怀

在朝夕里熠熠生辉

日日鲜活在记忆里

山语

清晨

阳光透过　窗帘外的远山

如万年前一样

高贵而清凛

一瞬间仿佛触摸到

纯真的　心的影子

一生里　一个人

总要路过许许多多的风景

最后都定格在这一刻

我想一个人　以山的姿势

活到老去　孤独　倔强

草原

七月里

爸爸的草原风吹草低

绿苔镶满蘑菇

我们骑马驰骋在草原上

微风轻抚脸颊

花朵纷纷跳入怀里

阳光散落在松林间

光影与昆虫秘密交谈

像一次花朵与蝴蝶的盛会

阳光永不会落下

空气里弥漫着青草与野草莓的味道

帐篷与帐篷间隔着几座大山

我一个人走在草原上

就像走在梦的边缘

花在梦里头　云在梦外头

家在梦里头　我在梦外头

知己

一生里，路过很多人

情同与共的人寥若晨星

自你以后

日子就像今天的光景

灯火交织的舞台

即使有千百个人同你一起和

听见的　只有寂寞在歌唱

列车上　那么美那么好的时光

一幕幕闪过

行道树身后哗哗流走

远方是未知欢喜的

是无奈的　有谁知道呢

那一年的你的样子让我回味经年

影子

影子是心落到地下的样子

喧嚣时看不到

快乐时看不到

忧伤时

它偎依在脚边

孤单时

它拖到身后瘦而长

上弦月的夜里

一个人举杯

对影成三人

庭院深深

四月的雨

下得这样冗长

桌上的书才摊开一半

坐在窗前

日复一日背诵成段的课文

窗外柳絮漫天飞舞

一片片飞进隔壁他家的院落

所有的青春

都是眨在他家窗棂后面的眼睛

书本的缝隙里

小心翼翼画满他的样子

还有那朵

飞过秋千的花瓣

多年以后

我翻开书页　泪眼问花

那些走过的遗憾　是否

才是等待的美好

花不语

和
平

我从不以为

每天的打坐和念经

就是修行

当你听到在遥远的国度

贫穷的母亲和饥饿的儿童　以及

战火纷飞的世界

散落白鸽的羽毛

悲悯打湿眼眶

佛光顿时披在你身上

英雄

在北方的冬天

我站在烈士纪念塔下

塔尖耸立云端

天空候鸟掠过白云

与纪念塔遥遥相对

在安详的午后　硝烟远去

日子平安喜乐

佛在心里驻守善良

英雄在血液里奔腾不息

冬至

太阳落在北屋窗上

炕头奶奶鞋底的针脚像

排排坐的小麦粒

针线在空气里上下翻飞

今天是冬至

太阳在空中打了一个弯

奶奶说过一冬夜长一针脚

我踮着脚量量昨天和今天窗棂上

太阳下山的印迹

刚刚是一根针的长度

冰花

是谁昨夜偷偷在窗子上画满了花

清晨麻雀落上窗棂

太阳出来了

窗上的花片片落在地下

像催人早读的闹钟

我也掉下泪来

童年的日子来不及细想

每天都是一场告别

我把伙伴们都丢在半路上了

掌上彩虹

走过这一季这一年

自别后　像散落的珠子

总是串不出原来的项链

我们各自走在

永不交集的路上

你家门前青石板上　我的名字

渐渐长满青苔

如果人生还能遇见

在雨后初晴的街口

你含笑伫立

七色彩虹落在你身边

而我　依旧是那个

相信奇迹的孩子　摊开双手

将彩虹的这一端

轻轻拥入怀里

原载于2016年第1期《牧笛》杂志

清明

清明这天

草芽刚刚探出头

亲人们一程一程归来了

老宅院里的杏树又添了年轮

屋后土墙角长满青草

昨夜爷爷奶奶走进梦里

我也想念他们

想念他们住的那高高的山岗

岗上草长莺飞　阳光热烈

泥土散发出洁净芬芳

日子静谧安详

这是我们最后的家园

血缘连接起皈依的脚步

爷爷偎依在曾祖脚边

有一天　我累了

越过千山万水　也终于

偎依在妈妈脚边

飞过一九八〇年的飞机

1980 年的天空很低

电线杆一根根插在天上

我们站在坡头齐声喊

每一座山峰都来帮忙

将声音传到云端

那时候白天总是悠长

弹弓打不中一只小鸟

口袋被石子磨出小洞

地里还没有农药

地埂野菜出土就进了嘴

爸爸在田里浇水

像戴着草帽的稻草人

天空里飞机从头顶划过银色翅膀

我们在地下拉着风筝使劲追

我手里的线断了

风筝跟着飞机走了

站在树下我眼泪掉下来

我的童年　也被带走了

夜与夜

无眠的夜晚

床悬浮在巨大的浮游气体中

睁开眼　空气诡异如哈哈镜

黑暗丝线般纠缠在心上

洪荒般的悲喜淹没在无边的夜里

五更了　楼院里狗吠了

弥漫的混沌气息四散逃逸

烟火给天光留开缝隙

这一天顿时变得摇曳多姿

夜是通往幽暗灵魂的休憩

白天是有声有光的身体承载

赛马

在离天最近的草原

她穿着红云样的袍

这是裕固赛马手

枣红马穿过云朵

一朵云不小心勾住马鞍

她挥舞水袖　白云纷纷飘散

今天是我们的节日

昆虫在草丛里悠长地鸣

鸟雀在松林间喳喳地唱

我拉过一块云

遮住头顶的艳阳

无题

起初她们说

一转身就是　一辈子

我不信　地球之圆　你我总有交集

后来你离开家乡

就像星辰坠入宇宙

露珠滴落大地

一生里

我都没有学会表达真实的心

就像当初笑着送你走后　转身

泪如雨下

悬壁长城

秋到边城角声哀

烽火台上狼烟稀

遥想十七岁冠军侯

封狼居胥直取祁连

万里奔袭平五国

气冲大漠如虎

如今走在关隘上

褐色岩石如金戈铁马凝固

粗粝青砖留下硕大脚印

千年前汗血宝马矫若游龙

阴山下残阳如血

风吹沙呜咽　依稀羌管悠悠

月色如霜铺落

夜里

我又梦回八百里营帐

我以为是云动了

那天　我们坐在山顶

清风拂过脸颊

沙枣花送来一阵清香

你转头看着我

我抬头看看天

蝴蝶舞过头顶

小鸟飞过云端

白杨簌簌地摇

白云悠悠地飘

我以为是云动了

低头却是心动了

棋子

在很迟的时候

心里有小虫一口一口噬咬

是自己无法把握的宿命吧

不甘心束手无措的前途　偏偏

编出一些荒诞的言语

就像要渡的楚河汉界

丢车保帅　来回推手

只想　留着回头的路途和

溃不成军的一点尊严

故 乡

一生里走过许多地方

他乡渐渐变成故乡

当我　走进童年的村庄

再也找不到

奶奶门口的小沟渠

老房子后院的山坡上

是她现在安眠的家

一个故事讲到最后

也许分离才是最好的结局

一个人走到暮年

回到奶奶的家

也许才是无怨的一生

礼物

如何才能将我刻在你的心啊

像你遗刀于我　就是想

把你深深刻在我心里　而我

赠你以杯　杯中茶

恰如你对我的情意

由浓至淡渐行渐远

原来在初见时

早已安排好　你我的缘分

一个铭刻一个无心

一个原地一个远离

最终流失在季节的花落花开里

图画

永远记得

那个夏日午后

他含笑从后山林中慢慢走近

脚边灯盏花开得热烈

云朵和远山永恒成他的背景

感谢上苍　让我依然拥有少年的心

在庸常岁月里

能够一次次走进十六岁的时光

那年你的衬衫白得耀眼

我的眼里有星光闪烁

印迹

白茫茫柳絮飞扬

枣花纷纷下落一地嫣红

庄生晓梦迷蝴蝶

是谁在远处含笑

刹那芳华辉映

在猎猎风中的山尖上

在郁郁村间的小道上

在后山的月影里

你的笑容占满了空气

吸进有你　呼出是你

怕年年五月

梦里梦外

再也走不出这漫天的印迹

秋波媚

那时节

西风紧晚来迟

廊前梧桐兼细雨

夜夜滴落至天明

有谁知这寂寥的渊源

因了她　聚聚散散如风

如果有一天丢失了从前

小轩窗不见了她的明月夜

让我　在这个明明暗暗的黄昏

悄然归去了无痕迹

又谁知　又谁知

朝来风　晚来雨

西风捎来她的讯息

刹那间　笑靥如花　思念如瀑

隐
约

睁眼看见蓝天悠悠

远处青山隐隐

梦醒后一眼茫然

惊觉原来你我相隔

银汉迢迢的距离

一寸相思一寸心

怕只怕

多年后纵然相见

你还是一笑而过

而那些年少时

忧伤过的日日夜夜

像剪下的花朵

在墙角里慢慢风干

一如我安静的青春

黄 昏

黄昏在岸边流落

蜘蛛结上金边的网

拍不够离别后的念想

每一张都定格在白天与夜晚

在桥上看火车飞驰

像夸父追赶日落

你的笑容被夜色隐没

说着别离　却不忍早一秒放开你的手

你我都是善感的孩子

躲避着不说再见

十指相扣承诺一次又一次

却不肯说出爱

心里已经接出根

盘绕着下次相见的借口

站台

在城与城之间交错

在站台与站台之间辗转

我的左侧的你的右侧

落霞渐远渐没

哀愁笼罩着日暮的山岗

自今后　缘分像手中的沙

我在你的浅笑里

多想多想像李白一样孤帆远影

某年某月的某一天

永不再提起

他年他月他日

时光像月光宝盒一样

恍然第三次经过站台

我笑了　迎面有你

夜色

走在 12 月的夜色中

像走进无边的隧道

行道树随山岚向后移

看你侧影发角齐齐

干净得像那年白衬衫的少年

车窗画出你的剪影

转头相视莞尔

月是夜的眼睛

星星落在你的眼底

你烙在我的心底

我的梦

梦呓梦到说不出的宿命

回忆回到走不出的困境

在一万个慵懒午后

这景象还是百年前模样

我想长眠在东边的山上

阳光热烈　冬天不觉寒冷

我想一直在先祖栖息的那个地方

即使化作黄土

脚下也是家的气息

千百年后

亘古不变的依旧平安

喜乐

夜

草原上夜晚的星星很低

碎碎闪在路前面

以为是远远的路灯

看了很久

是天上落星星了

月亮在电线上弹着和弦

剪影勾勒出安宁

恣意行走渐渐不敌年轮

穿过二十里杏林

笑容渐隐约

黄昏谁共才消减清愁

花朵结出心结

不敌那些年共她的友情

一个人的火树银花

那年初冬的时候

大雪零零落落飘舞

不小心谈起信仰

却是各奔东西的前奏

寺院是分手嘉年华

一佛一炷香　你我各自信仰

你的喜乐我的忧伤各怀心事

听了很久的梵音

看到她青春的脸上空洞的眼神

仿佛是讥笑尘世的我的心

不定飘忽

总也勘不破俗世渊源

在悲喜里起起落落

多情笑我

浓墨重彩皆封尘

懂得

他们都说你已忘记了我

说你的软弱和憔悴　我知道

在遇见的那天

我还知道

哪怕清贫哪怕疾病和你　曾经的

躲避以及同甘共苦的承诺

转眼成空

这些又能如何

当我遇见你　当我们　渐渐

怜惜对方那颗饱经沧桑的心

多少孤独岁月里

依靠着走过一路崎岖

即使永不再见狠狠离分

你依旧是在心底

最温柔的那个地方

因为懂得　所以慈悲

雨夜

那时候我和你只有二十岁

你的右口袋里总藏着我的左手

一起走了很久

下雨时你说南方有好风景

在雨巷里美丽着一株丁香

北方的雨下得很凄凉

采一朵玫瑰滴滴都是我的泪水

所有忧郁成悲剧的情怀都是玫瑰的错

爱

又成悲哀

我冻红的双颊如一株怒放的花朵

他的身影奢望成一幕背景

从此独守一份孤寂

原载于2007年甘肃文化出版社出

版的《裕固文艺作品选》

属相

在十二年的轮回中

我又遇见你

在冥冥中的你我

如青青河两岸永不能相会的

两棵树　看着你

远远的　静静的

永不后悔　错过的年轮

在岁月里　风霜已刻上你的面容

而我情愿

依旧是那个小小的模样

多年后让你再次见到我

依旧年轻的容颜和

美丽的情怀

原载于2009年第6期《生命树》

花样年华

见到他的时候

早已过了花季少女的时节

静静如雨巷中

走过的女子　错过间

恍然　隔世

天边传来他的声音

一瞬走远

他的面容在黑夜的街道

随灯明明灭灭

连同他的声音　渐行渐远

渐渐孤寂在

天空里在风里

一如初见时九月的落叶

难舍难弃

原载于2003年第1期《牧笛》

故里

回到长城外的家乡吧

以思归的脚仓促的容颜满目的尘埃

看见黄沙看见黄河看见漫天沙尘暴

还有还有

童年时踩在脚下的烽火台上狼烟的印记

像从天上下落的山脉　一路向西

挡住我的眼拦住我的脚步

梦魇时堵在心头的你的样子你的召唤

眼里不见你千里河西稻花不香

梦醒没有你心慌得摸不见胸膛

像隐蔽在地下几百年的名字

走一步就怕已是万水千山

只想日日在你的天空里在你的屋檐下在你的怀抱里

故里故里

走过熟悉的千里万里

依旧在你的故事里在你的故梦里

原载于2009年第6期《生命树》

紫苏

花朵是夜的眼睛

在风里摇曳乌黑的眸

夏虫在花影里熙熙攘攘

我听到它叫我的名字

细密有如天音

岸上人　身披水银隐没

月下一身清冷

今夜在我窗口

银河落在山尖

紫苏暗自开绽

人生若只如初见

你的眼睛里

我看到三十年前的那个自己

在远山上

童年的家

在远山上

季风吹来小麦的讯息

妈妈房后的蒲公英

开满一地金黄

当初送我离开的坡头

野杏花铺落一地雪白

他坐在童年的树上　吹着风笛

麦浪滚滚　白杨飒飒

分离是多么容易

一回头几十年的春风无力

百花谢了又红　芦花一夜白头

妈妈家的老房子后有一棵杏树

青青的树叶穿过阳光

扑闪的光影

晃花了我的眼

我站在树下

杏子掉落在脚边

像极了童年时孤单的样子

心的房

我的心

装得下日月

装得下山川

却装不下一个你啊

在懵懂的午后

在午夜醒来的一刹那

白云倏然越过头顶

你在极远极远的地方

如丝竹碎碎传来音律

如梭击中心房

春雷

那天

你路过我家门口的

那个正午

白云飘过屋顶

小鸟闪着金光

阳光像昨天一样热烈

你的白衬衣晃呀晃

我睁不开眼睛

你说：看，有蜻蜓飞过去了

我说：听，是雷声落在我耳边了

柳

岸

岸上晓风轻抚　月半弯

你的左肩闪着星星

我们　坐在石头上

看　月亮穿过云　穿过风

穿过心形的臂弯

这样的月夜在童年记忆里苏醒

舍不得挪开眼睛

生怕一眨眼

你又回到十八岁　永不复来

这是旧时的月光

落在三十年后的身上

村口孤单小孩

握着手里的草马

等着故事里的妈妈

你眼里闪着一个小小的我

这一张倾城的颜

是你眼中的我

最后的样子

风吹过柳梢

洒落一地岁月风清

那年

零下二十摄氏度的黄昏

下起了雪

我们在街口说话　你的脸在路灯下一半明一半暗

我想说寂寞是你的渊源　风却卷起你的裤脚

我想说哀愁是日日的等候　雪却打湿你的双颊

我是这么笨的小孩　胡乱说话　无趣又乏味

一次次路过你的门口

总是表达不出中心思想

你　徒生疑窦

逐日

舍不得这一天　匆匆黄昏

这一日　我去了寺院庙宇　山川小径　村落冰河

水在冰下汩汩

雀在天空跃动

麦草弥漫村庄

我像夸父一样开车奔驰在东山、西山

只想只想看到日落时最后一抹斜阳

不忍天黑

我贪恋阳光与温暖

这尘世如此美丽

舍不得明媚阳光

舍不得蓬勃万物

生命的下半场

每一日都是最后一天

就让我

隆重地迎接和告别

无题

这一天

天空格外明净

因为太阳里只有两种颜色

蓝色和黄色

蓝的映在天上

黄的铺在地上

我在蛮荒的明花

星星落在回家的路上

一夜走不出梦境

日月

日月交替

让每天都活在期待里

虽然思念成疾如影随形

但我期待总有一天

我们会重逢

所有的等待都烟消云散

也许　我们不再重逢

在时间里消磨每一个晨钟暮鼓

也是人生

春意

我站在三月里看四月的花

枝头春色几许

忽忽一眼

便心生狂喜

每一个春天都如期来赴

每一年　都宛如初见

双向奔赴的暖意

依旧是年轻的悸动

你的笑意

暗暗眼角　欢喜如花

一生里走过无数的花开花落

一鲸落　万物生　自始至终

你的温暖是穿透一生的治愈

土地

妈妈的家到城市仅仅两公里

从六岁到如今走了一生

那梦里都要逃离的地方

而今

我想念那千亩草原和妈妈家的老房子

如果能够学会照料一种动物

我希望是马

牵马踏过草原

每一寸都刻着童年的孤独

十二月

天光依旧温暖

十二月是带来希冀的月份

天光反转

22 日傍晚

阳光那么长而近

十二月携带着春天

像一个人心中重重叠叠的死亡和新生

让周而复始的岁月

每一年都是新鲜的开启

舍不得街边匆匆行人

舍不得人世忽忽而过的繁华

而总有一天

我们会重逢吧

在时光里消磨的每一个晨钟暮鼓

也是一抹暖黄

在飞机上

云层像女娲之手

一把捏出地球上物体形状

那些张牙舞爪的云

扑过来又瞬间疏离

是在嘲笑我吗

人间痴情如玩笑

恰如雨滴落下了无踪

云层之上空旷无垠的宇宙

让所有的追求

滑稽而微不足道

落地之后

如同走出庄生的梦境

最是人间烟火

琐碎又迷人

露台

六月

屋后的花开到荼蘼

北方　夏天来得这么慢

可是只要你来

再迟也是早

只要你来

执手相看泪眼也是欢喜

站在露台上

百花美得轰轰烈烈

风裹挟着浪漫气息

猝不及防扑落眼底

梦境

今天的月亮诡异金黄

像未打开的纸飞机

挂在西山上

外婆住在西山脚下

她的家锁着我童年的梦境

金丝绒的花上飞舞着七彩蝴蝶

精美的瓷盘闪烁菜肴的芳香

五色鸟在围墙上飞来飞去

每一株花树下都飘着带翅膀的小人

骄傲的妈妈甩着长辫子不肯多看我一眼

那只白色猫幸灾乐祸地嗤笑我

我是很丑的小孩

红红的鼻子像童话里的小丑

妈妈不喜欢我当她的小孩

月亮就孤零零挂在山尖

我静静坐在小凳上不说话

月隐灭人声稀

妖界的月色压迫呼吸

暗黑像深渊般压来

外婆抱起我

童年里唯一的暖

是她呵着气的我的手

爸爸的节日

在父亲心里

所有的节日

都是独属于家族的记忆

祁连山的野草烧光了

满山只有芨芨草灰在

风里　瑟瑟

驴车吱吱呀呀过摆浪河

驮着干粮和小脚奶奶

走过暖泉　穿过崴拉地

就闻到家里柴火香了

这是先祖漫长的迁徙

祖父在这条路上走了六十年

他完成了一个农民的

光荣和梦想

含笑而去

我的先祖从干涸的摆浪河岸

驮着种子　一寸一寸挪到肃南城

换来土地和骏马

种下百亩青稞和小麦

古铜色夕阳下

打马走过金灿灿看不到边边

这个地方的名字古朴而简单——有墩的台子

清明节这天

远方的游子们回来了

山一程　水一更

千山和万水连着祖先的血脉

苦难荣耀一遍遍被回忆和复述

刻在生生不息的血液里

我们　一路走得这么轻快

父亲　来不及戴上礼帽

他要去炫耀他花容月貌的妻女

和　江河日下的酒量

他要给地下的先祖献上羊排和美酒

汇报家族的平安喜乐

杏花春雨剪剪寒

青草浅淡微微暖

而今　站在这片土地上

一日看尽沿途　杏花如烟

年年清明　一见晴明

他乡即故乡

故乡在高台

无题

月色最不禁细想

每一眼都像打碎重来

深夜在星星峡滩上

碎石行色匆匆后移

山丘狰狞如山魈聚散

车轮每一步都暗暗傲气

这黑黢黢的山仿佛世界尽头

绝望又希望

我偏要做这掌舵的人

我的车轮下仿佛狼烟滚滚

豪气干云

时光碎片

每个夏天之后

我们一个年轮也悄悄走了

而水中浮游生物

却走完了它的一生

小鱼　奋力地游

水草　努力地摇曳

水虫　认真地吐泡泡

那天　在公园

公园是祁连山的一抹绿

祁连山是地球上一个点

我是人类的一个细胞

我想像水中生物一样

认真地过完这个夏天

把每一天日出日落

刻在心里　看在眼里

凝视每一株花草　树木枯荣

只要孤独　绝不辜负

家国

那天

我坐在爸爸的草原上

青骄花蓝茵茵开满山岗

肥厚的旱獭在脚边挖洞

这就是我的家

和平让我们遗忘了她曾经的满目疮痍

如玉的手握不紧一把麦子

但文人风骨的历史

日日在血液里奔腾

夜阑卧听风吹雨

我还是那个意气风发的书生

赴花之约

很多年以来

暮色将至的时候

我们一次次奔赴这片田野

防风花风致摇曳

狼毒开到热烈

朵朵都是一眼万年

活着如此美丽

每一个黄昏　我们坐在坡头

看微风含云流散　看远山吞下落日

舍不得告别

在明丽的夜幕中

忧伤暝色一样笼罩下来

月光清辉铺满路

眼泪不停涌出来

毫无缘由

杏花时节

这束花

在山下的路旁

倏然撞入怀中

杏花是北方的报春花

热闹地绽开

混沌地凋落

落花时节又逢君

我们

一句话也不说

春风吻上枝头

粉色花瓣落在你眉梢上

感
伤

雪落在地上脚印深深

这样的夜晚

烂熟于心的样子

在每一个当下

你我都没有学会珍惜

那些过去

没有影像　没有梗概　没有你我

灰色像秋天的基调

在每一个熟悉的瞬间

加重潮湿砝码

原来伤感也有重量

随心渐渐沉到底

边走边想

BIANZOUBIANXIANG

出塞曲

——致席慕蓉先生

请为我唱一首出塞曲

用那遗忘了的古老言语

请用美丽的颤音轻轻呼唤

我心中的大好河山

那只有长城外才有的景象

谁说出塞曲的调子太悲凉

如果你不爱听

那是因为歌中没有你的渴望

而我们总是要一唱再唱

像那草原千里闪着金光

像那风沙呼啸过大漠

像那黄河岸　阴山旁

英雄骑马壮

骑马荣归故乡

我"认识"席慕蓉先生还是很小的时候，在一个偶然的黄昏，捡到了一页双语歌词，"请为我唱一首出塞曲，用那遗忘了的古老语言，请用美丽的颤音轻轻呼唤，我心中的大好河山"（《出塞曲》），还有《楼兰新娘》和《一棵开花的树》等好多首，一瞬间，我就被这些精灵一样优美灵动的语言吸引住了，再以后就开始处处搜寻先生的文章以及被谱成曲的诗歌，渴望而又好奇地想看到用怎样优美的音乐才配得上这么美丽的文字。先生的故乡在内蒙古察哈尔盟明安旗，她有着很好听的蒙古名字穆伦·席连勃。尽管旅居国外多年，但她文字里流淌着的豪爽大气，依旧是蒙古好儿女的气质，她说："从前每当看到别人用'牧羊女'这三个字作笔名时，心里就会觉得，这该是我的笔名才对。"她深深地热爱故乡，有一次她与在德国的大学教蒙古语的父亲在慕尼黑散步时闻到一股草香，父亲说这多像他们内蒙古草原的味道。先生深深的思乡情绪难以自已，身在异国，远离故土多年，依然"珍藏着对草原千里的记忆"和浓浓的乡愁，她写下"那只有长城外才有的清香"。

　　有一年先生遇到了蒙古族著名歌唱家德德玛，两位伟大的女性首次合作诞生了一首久传不衰的歌《父亲的草原，母亲的河》，那样深情的文字被天籁般的声音唱出来，让人热泪满眶。一次，我在电视上为一个朋友庆祝画展圆满成功点歌，他说就点这首，只点这首，反复地唱。都是草原儿女，在旅居的先生心中草原是父亲的根，河是曾养育过母亲的河，是她魂牵梦萦的家乡；在我们土生土长的儿女心中，草原和河就是父亲母亲，养育我们生生不息绵延千年。先生在1981年出版了第一本诗集《七里香》，随后又出版了《无怨的青春》《时光九篇》以及散文集《成长的痕迹》等，古人说文如其人，我说先生不仅文如其人，而且文如其名、名如其人。席慕蓉这个名字像极了金庸小说中侠骨柔肠的大侠或翩翩佳公子，而穆伦却又娇气得像小女孩的名字。先生少时喜欢在来客人时唱蒙古的歌，唱长亭外古道边芳草碧连天，每每换来客居异乡的"叔叔伯伯们的眼泪"和称赞，她便一天格外盼望有客人来拜访；先生盛名远播，却单纯如处子，先生大气磅礴地写《长城谣》："敕勒川、阴山下、今宵月色应如水，而黄河今夜仍然要从你身旁流过"，一边为了给孩子做蛋糕身上糊满了面粉鸡蛋，多么可爱的小女孩情态和一个笨笨的慈母。（见《刘家炸酱面》）先生在古文学诗词方面有着极深的造诣，几千年前的那个闲情的少女，在李白的玉阶上空空伫立，历经了"商时风，唐时雨，想她们在玉阶上转回以后，也只能枉然地剪下玫瑰"（《千年的愿望》）；在晚唐的一天早晨，李商隐对镜叹息"晓镜但愁云鬓改，夜吟应觉月光寒"，诗人的心是相通的，无论在古代还是今朝，先生也有惘然一刻，忧愁青春早逝，怕岁月侵蚀了年轻的情怀，"可是不眠的夜仍然太长，而早生的华发又泄漏了，我的悲伤"（《晓镜》）。

我一直觉得如果写诗的女性还会画画，那就太完美了，看到好风景，不用感叹它会匆匆离去，可以用一支画笔，将这一时刻变成永恒。先生十四岁画画，在台湾新竹师范学院教授绘画，幸亏是这样的，事业就是爱好，多完美。先生喜欢画油画，在布鲁塞尔，她画一种叫"羊蹄甲"的花，深深浅浅迷迷蒙蒙的花树；她喜欢画各种各样的花开满的样子；她画人体模特（《玛利亚》），她常常出去写生，面对美景"怀着一份强烈的嫉妒"（《山百合》），因为美丽不会永远，而人面对自然是多么渺小无助；先生曾获比利时皇家金牌奖、布鲁塞尔市政府金奖等奖项，她的身上有着令人炫目的光环。她说对于时间的流逝，对于生命的感动，还有许许多多生活中难于表述却又感怀于心的东西，只能以诗画来表达。

先生1989年回到家乡内蒙古，她看到父母亲和外婆家，无边的草原上奔驰的赛马，月色下的蒙古包，"这是一片有生命的土地"，在那座小小的毡帐里，无论何时，都能得到"温暖和饱足"。这一年是先生文学创作的一个分水岭。对这片土地，对这片土地上的人民和他们息息相关的游牧文化，先生开始了全新的思索和探索，《席慕蓉和她的内蒙古》中，她用优美的文字和亲手拍摄的照片，记录她十七年来追寻游牧文化的历程。在家乡，看到被肆意开采过度放牧损毁的草原，看到日益沙化的森林，渐渐汉化的民族习俗，日渐消失的原生态民族艺术，先生也有痛心疾首。在自然面前，她排斥人定胜天的豪言壮举，她说只有天人合一尊重自然尊重这个地球上所有的生灵，人们才能与自然和谐共存。中年以后，先生长期致力于研究蒙汉文化，在国外从事蒙古语教育，先生是蒙古王族后裔——艺术是一个城市的语言，艺术家是一个城市的灵魂，城池可以变迁乃至消亡，艺术的光辉却熠熠闪烁在岁月的长河里，诸如达芬奇之于意大利，安徒生之于丹麦，鲁迅之于浙江，诸如杨丽萍之于云南，先生之于内蒙古——她是内蒙古的一颗星。先生不老。艺术家永远年轻，莫扎特永远活在二十四岁，冰心仿佛还在那里笑眯眯地《致小读者》，田华老师依旧是活泼泼《党的女儿》中的样子。在心中，先生一直是那个背着画板裙裾飘飘行走在新竹在慕尼黑在布鲁塞尔在内蒙古草原的"女孩"，用热烈的或忧伤的年轻的心感触，再书写再绘画。先生年近七十，依然童心满满，依然优雅从容裙裾飘飘，看到先生我想起杜拉斯的一句话："我爱你年轻的容颜，但更爱你风霜的面孔。"先生令人仰望，因为她的幸福，一般人难以企及的生活态度与生命态度。先生的爱情就在笔下在身边，提笔而至缓缓流淌；先生一生的事业归于爱好，是爱好成就了事业；先生的文字忧伤而不沉郁，平和而不平淡，娓娓道来趣意盎然，每一句都是诗歌的韵致，她笔下的爱情是如此美丽忧伤亘古绵长，她笔下的风景即使是寸草不生的戈壁，也散发出令人向往的悠悠神韵；她笔下的人都是热情善良的，即使有错，也被先生理解且原宥。用善良的心看世界，世界也会对你展开最仁慈的一面；用宽恕的胸怀待人，敌人也会被你的悲悯之心感化。先生如是，人应如是。

原载于2014年第2期《牧笛》

边走边想

早上跑步的时候，我想起了前几年范伟和赵本山的小品《卖拐》，貌似看过一些零星评论说赵本山小品侮辱了残疾人，连美国人都集体表示不欢迎本山云云。这些都不是事儿，总之，在看他们同台小品的时候，我们都乐得哈哈大笑，然后在几年里不停回看，越看越开心，现代人笑点越来越高了，能博人开心一笑，也是小品的意义之一，不一定什么形式的艺术都需要寓教于乐，让观众在"字里行间"深受教育，历史上所有流传的名著，都是离人性很近，离政治很远。

我喜欢小品里一脸憨厚的范伟，他一看就是厨师，我们的祖先千百年前已经给厨师定位了长相，而且一句"君子远疱厨"，就将这个职业无情划分出君子之外。汉文化真是强大，它经得起时间，用文化语言就同化了所有入侵民族，也用儒家仁义礼智信思想将世人的思想高度一统起来。——其实，我还是非常喜欢美食，喜欢将厨房刷得一尘不染随心所欲做自己喜欢的菜肴，如果能够用这个喜好赚到安身立命的本钱，我是很愿意的。但，问题来了，我从小就有英雄情结，幻想生在魏晋南北朝当君子做士人，而且我的母亲和师长从小就语重心长耳提面命地教导我：必须头悬梁锥刺股凿壁偷光冬练三九夏练三伏闻鸡起舞地苦学，才能坐在宽敞的办公室里穿着高跟鞋画着红嘴唇挺着胸脯子耀武扬威地走来走去，一句话，吃得苦中苦，定成人上人。否则下场就是端盘子系围裙掏厕所面朝黄土背朝天，对于每个女孩而言，高跟鞋的价值相当于灰姑娘的水晶鞋，所以从小就根深蒂固划出了职业导向。

我是一直尊崇"天地君亲师"的思想，人是应该要敬畏天地自然的，举头三尺有神明，每个人当有一颗悲悯向善的心，才能安心无畏地立于人世间。"君"，在我心里是国家的意思，在乱世里热爱民族祖国、盛世里规矩做人有操守，就是我们普通人的忠君爱国；孝敬父母友爱亲朋自是做人的底线。我上中学的孩子某次回来讲述有同学捉弄老师，而一班的混小子都把那同学当英雄看待。我自免不了老生常谈这句"一日为师终身为父"，他笑曰：妈，你OUT了，我们老师都才二十几岁，我们当他有难同当有酒同喝的弟兄啦。我惊呆了。

走走想想

——神经质的几次方

心里有着隐约的欢喜，细思这欢喜的渊源，原来明天你还在同城，尽管我还是不能穿越街市去看你，但在同一片天空下，有你的呼吸就好。

减肥第一天，面对我最爱的火锅，哀伤地把头左右摇摆N下。你说：为你明天开始减肥表示庆祝。我大悦，饕餮大吃。

如果，不是为了这么多的爱和责任，谁有勇气过完这冗长的一生，眼前日子再乏善可陈，我们还是要每天给身边的人一个笑脸。

可恨每天只有二十四小时，这么多好看的书怎么能读得完？我只好同时交叉着三本一起看，串联的故事也别有风味。

我从前看《呼啸山庄》，不明白那个生机勃勃的女主人公为何会死，现在明白了，神经质和内心纠缠会要一个人的命。

闺密拒绝追求：你对我的好，我回报不了，可惜来生我又不想当牛做马，对不起。

刚刚从公园里来，外面还下着雨，真想在雨里坐一夜，不为闲愁，只为让今天的不快沉溺到底，明日轻装开始新的一天。

你从远处走来，阳光透过白杨树洒下一地斑驳，抬头看看天，我以为是云动了，也可能是心动了，有暗暗的欢喜心底浮起。

每当我想写一些深刻隽永的文字，古人便从天河走出来哈哈大笑。

今晚，鸟儿都睡着了，我还是合不上眼。

有些人总是走不进你的内心，不是因为他不够优秀，而是他心里始终只住着一个人——他自己。

与中秋有关的几个片段

　　还是童年的中秋时节比较有趣。那时候，秋收已近尾声，成堆的麦子收进仓库，村里几乎每天都有各地的农民拉着自家的特产来交换，我精明的母亲用二等的麦子换回了清油粉条，用次等的麦子换回了成堆的西瓜、苹果、梨。有一年甚至给我们换了一大筐葡萄，那时候葡萄是多么洋气的水果啊，拎一串足够在小伙伴之间扬眉吐气一天了。村里每天都充满了讨价还价声，多年后，每每想起总是暖暖笑意涌起。父母一辈子精明节俭，挣了很多农民难以企及的家产，撑起十几口人的大家庭，供养我们姊妹仨上大学，这在二十年前的农村是不敢想象的。

　　中秋节那天，抬张八仙桌摆在院子里，桌上摆满好吃的东西，等待月亮慢慢爬上山尖，爷爷说一会儿月亮上来，会有仙女飞下来偷偷吃掉桌上的食物，我们悄悄躲在屋里，趴在窗口向外看，生怕惊动了仙女，偷看了许多年也没看到仙女，却是姑姑每次假装仙女在西瓜上留下齿印儿。

有一年，我母亲从新疆回来，带回了许多新鲜事儿。她说在新疆过中秋看到了仙女，还许了好多愿望，仙女们都为她实现了，前提是，我们必须剪七个仙女在月圆时挂到树尖上，这样就会有七仙女拉着手下来的。那天，我攒了许多愿望，弟弟也希望得到一把左轮手枪和童话书。我俩剪了好多纸，没一个像仙女的，好不容易剪出了一个，又扔不到树梢上去……多么遗憾的中秋！

直到写这篇文章时我才惊觉这个美丽骗局，因为那年母亲去新疆是四五月份！而每每想起弟弟眼睛里的渴望，我眼眶顿湿。多年后，我挣了工资，能买好多小人书和玩具左轮手枪，可我记忆里的小弟弟也长成了大男孩。

最亲的酒肉朋友

一、希希问：下周上哪里玩呢？

瓶瓶说：上马蹄吃烧烤去。

希希说：除了烧烤，你还能记得什么？那里可是佛教圣地呀，有点情操好吗？

瓶瓶汗颜：那就游览游览大好河山吗？还是？听你的。

希希说：难道除了烧烤，就没有手抓了吗？就没有火锅了吗？就不能换换口味了吗？我看你就整一个重口味的人。

瓶瓶：……

二、希希瓶瓶搔首弄姿地照相。照片出来了，只有一大脚一粗腿，地上好大一朵狼毒花开得正绚丽。

三、希希酒足饭饱后来了句：我们就不能来点高雅的吗？比如谈谈诗词歌赋呀，旅游环保呀，不能做酒囊饭袋。

瓶瓶曰：你真是衣食足才知道荣辱的，刚才都没看见你有这么高屋建瓴的操守。

四、在客车上希希说：那时候对一男有好感，在公园听他讲了一下午他的暴发史，直到黄昏快饿晕了。他问我饿不饿，居然只给我买一个饼。我说：人家只是老实嘛。希希说：一路上经过那么多的餐馆，那么多的美食，你知道烧饼店有多偏僻吗？我大笑曰：人家肯定觉得你平凡的容貌配不上他高贵的晚餐！

真好，你还在

没有人会天生喜欢孤独，多年来我一直把看书作为最好的生活。因为是喜欢依赖的女子，只有书会二十四小时陪伴你不离不弃相看两不厌。

"如果你不会挣钱，不会写文字，日子过得一穷二白，貌若天仙有什么用，照样没有人看得起你。"这是妹妹说的，从今天起好好工作读书，才能活出自信赢得喝彩。

明明想说的是思念，出口却成了天气；明明想赞美，出口却成了嘲讽。想起一首词："少年不识愁滋味……为赋新词强说愁。而如今识尽愁滋味……却道天凉好个秋。"原来口是心非是年龄渐长的馈赠。

时间没有在他脸上留下一点痕迹，他依旧是当年器宇轩昂宽和温润的模样，而我却已不复年轻。时间停滞了你，却绑架了我，还好你还在，君子如玉，在多年后的路口，笑容依旧。

老　人

　　进小餐馆时，又看到那个很老的人。她谦卑地对老板娘说：班车半路没有停，只好从十公里外搭一拖拉机到县城卖野菜，求你都买下吧，我实在提不动了。她边说边拢了拢袋子，生怕弄脏了地板和食客的衣服。野菜很沉，袋子比她稍矮，她和袋子一模一样灰扑扑皱巴巴的，让人心酸。

　　这是一个自尊心强的老人，我想给她点钱又怕伤了她的脸面，可实在不爱吃这种野菜，买了回家也是浪费。踌躇了一阵，硬着头皮掏出四十块钱给她说，奶奶，回去时打车吧，别坐拖拉机了，很危险的。她抬起花白的头，我夺路而走，怕她坚拒，更怕感恩。

　　前年春天，她在街上卖蒲公英菜、收废纸，我天天攒纸盒瓶子捆好给她，象征性地收她的小钱，并装作不经意，准备些糕点饮料等她来吃。夏天来时，她辗转给我送了几次豆角和洋芋，远远超过我给她的价值。我心惶惶，赶紧又找了些旧衣物想给她，却一直未见着，心想那么老了也许已经去了。没想到今年她还活着，像一个真正的商人一样遵循着交易的尊严，保持着中国最传统农民的信义和体面。

坐而论道

　　每年冬天都幻想着来年春天能去种花树。在老房子的门前屋后栽满树，把童年的家变成花的庄园，和父亲一起憧憬了好几年。可每年春季，父亲家务俗务繁多，只能草草种几株，大多是松柏杨树，父亲说，花树的苗最近好几年没有卖的了。而我每每春季，忙于踏青挣钱管孩子，临时又是春乏又怕晒黑，十足小市民的生计。眼看今年又到植树的好时节，还是蠢蠢欲动，想着某年家里开满黄色的粉色的白色的花树，风一吹白的像云朵粉的像梦境，年年都能坐在花树下看蝴蝶飞舞听蜜蜂嗡嗡，该是多么好的时光，仿佛从不曾老过的心。

　　人生总有苟且的时光，好在出走多年，心依旧少年。

蓝颜弟

　　傍晚Z弟听我废话长达几小时，我说得眉飞色舞，他应承得正对景儿，这更激发了我的语言潜能。不知觉夜深露重，肚子也饿了，他请我吃烧烤。本打算要许多份——因为他这么久才出现了一次，因为他脾气好还是单身，当然有义务变成我们的出气筒提款机司机兼长工。结果，烧烤摊儿人多排不上队，我气急败坏地往回走，他亦步亦趋地问咋办咋办，我恨恨说没吃上小餐你明天就安排大餐吧。

　　有个小朋友挺好，他会替你干脏活累活，到别人家园子里偷人参果，见了你先生比亲哥还亲，见了你父母比他父母还热心。带孩子吃喝玩乐，当孩子们叫舅舅时他开心得比亲舅舅还高兴。我们一面像个媒婆一样迫切地给他张罗对象，一面又略有失落，怕他有了媳妇就不做我们的跟班了。他生意好挣大钱了，我们天天欢聚以示庆祝；他生意不顺利了，我们比他还痛心，反过来还要他劝解宽心。

希希说真是两肋插刀的好兄弟；我说岂止是插刀，实在是两肋插满了刀；妹妹说，简直是把刀插到心脏上了！

希希同学

　　这些年来，同学的概念很模糊，男女互称同学就像古时候的表兄妹一样。也有同学，分开几十年，几乎记不起他的名字。某日几个事业有成的或自诩花容依旧的同学一吆喝，大家聚一起花天酒地至醋处，此恨绵绵无绝期，后悔错过了好时光——这样的好情谊早几年咋就没发现呢，直至次日酒醒后小有后悔失态，再见互相尴尬。

　　希希同学，既是同学又是发小，十六七岁各奔前程，不间断写信互通有无。她小时候那个漂亮是全凭实力的，高鼻重眼，扑闪的睫毛上能放一根火柴棍儿，巴掌脸排骨胸，个头高挑，还被那个不苟言笑的物理老师盛赞为年级最聪明的女孩；而我五短身材体重超标，每天挑灯夜读也赶不上她的成绩，对她的羡慕嫉妒恨贯穿了我整个少女时代。

　　但我还是离不开她，放学路比蜀道还难行，因为光是难分难舍互送回家就要好几个回合，我们两家距离两

161

公里坡上坡下，来回送得我头晕，天黑时终于下决心分手——饥寒交迫十八相送我们都快昏倒了，十里长亭算什么，我们每天都长亭更短亭。

高中毕业她就参加了工作，她的明艳照人令我自惭形秽，追随她的王子个个都要死要活的。我的少女时代真不幸啊，连青春痘都不放过我，十四岁到二十岁就一直缠绵在脸上，而她脸越发白净。在三十岁时，青春痘终于光临她了，还有她曾经的长发变成了短短童花头，我却变成了长发飘飘裙裾摆摆，哈哈哈哈，苍天有眼啊苍天有眼，我得意地笑。

如今我们又在一起了，她永远是那么光芒四射，我永远是这么落落寡欢，她仗义疏财笑傲江湖。我巴巴仰望着她说：我如果二十四小时都见你多好。她哈哈一笑说：你得问问我家一老一少两个爷答不答应。我暗暗地说：女生外向啊，真是重色轻友。

西部三题

红柳

不知是它创造了神话，还是神话创造了它。茫茫沙漠中，生长着一种树，它没有垂柳般的婀娜，没有白杨般的挺拔，也没有青松般的高洁，它有的只是孤独、苍凉和永远不为人知的寂寞，在古道旁边，在沙丘之上，它静静地绽放着，日复一日，年复一年，在风中，在斜阳下，生生不息，寂寞如昨。

沙漠吸噬着它的躯干，永恒的阳光给了它火红的颜色，失水的身体不是为美丽而火红，生命是死神唇边的微笑。即使千难万苦，也要顽强生长。

它的生命已高于生命，它的美丽在美丽之外，城市的花圃里争奇斗艳色彩缤纷的鲜花美得让人心醉，采撷一枝，花香满室，而它美丽、沧桑得催人泪下，坚强得使人汗颜，不忍去碰，怕只怕触到的是终生心动的渴望和前世难忘的悲壮。

敦煌

敦煌，这两个字像从遥远的梦中传来，随着羌管悠悠，漫天飞散空气的花瓣。

像前生来世的约会，那壁上九色鹿是我，那反弹琵琶的人是我，那伫立风中、凝神瞑目的人是我，我已幻化成佛，隔世的思念如万丈黄沙扑面而来，庄生晓梦迷蝴蝶，不知我是飞天，抑或飞天如我？

千年的盛唐，我在云端尽情飞舞，曾经艳丽的衣裙在风月中褪却颜色，箔金的花篮片片被贪婪的人们吞噬，流散在地球任意角落，连同曾经幻化的大大小小佛印，被爱她的，垂涎她的，嗔妄她的黄皮肤、白皮肤的、黑皮肤的人们搬走、粘走、挖走，留下洗劫后孤独的大佛和破碎衣裙的飞天。

我心虽如佛，但我不是佛，寂生于凡世，可以笑傲自己的痛苦，却无法笑傲敦煌；可以淡泊名利，却无法淡漠莫高。莫高窟，她的美丽，她的高贵，她的受伤，像一把利剑，刺痛了大千老人的眼睛，也刺伤了中国文化人的心。

面对大漠敦煌，愈来愈逼近自身的渺小感，切肤的伤痛感笼罩下来，大佛嘴角上空寂的微笑，让尘世间争名逐利的人汗颜。

我在世间微不足道，除了生命，我一无所有。

大漠

你就那样荒凉着，行近千里，依旧向天地无遮无拦地展现你的博大，你的单调。

不知是人类造就了你的荒凉，还是地球造就了你的贫瘠。

大漠孤烟直，长河落日圆。

走近大漠，我想起一个铁骨铮铮的男子，在你面前，他曾多么孤独无助。他原想征服中国九百六十万平方公里的土地，为自己生命重重涂上彩虹一笔。美丽的楼兰，像神话一样，留住他年轻的心，迷失的罗布泊，却永恒地留住了他的生命，挽歌在炽热的沙砾间飘散，阳光蒸发了他生命里最后的绿洲。

大漠无情，在边塞诗人笔下，它神秘了千年，悲壮了千年，引无数英雄竞折腰。

走近大漠，你无法不被它的宽容动情，不被它的悲壮感动，不被它的无边无际的广袤而自惭形秽。

大风起兮沙飞扬。

雅丹地貌，移动的沙丘，像尊尊活着的化石，四顾苍茫，流沙如刃，夕阳下的驼铃声从亘古的天边传来，诉说曾经繁华的往事，转眼已是桑田沧海。

地球从不偏袒她的哪片土地，外表越贫瘠的地方，蕴藏着越是惊人的宝藏，巨大的石油带，在大漠底下缓缓流淌千年，洗拭这片曾流过泪、受过伤的土地。

从镍都到吐哈，从祁连山到天山，富饶的绿洲像上天撒下的珍珠，在大漠上闪闪发光，直到水远。

原载于2003年第2期《牧笛》

旅　途

　　火车停在奎屯站，上来一个高个男人，高大英俊，却满脸戾气。车还没行驶，他就和一个老年瘦弱的农民工发生争执，原来是老头的大行李碰着他了，若不是周围乘客拉开，那男人就挽袖子大打出手了。坐定后，高个男旁座是个小个子的男人，他讨好地同高个男搭讪，高个男却满脸鄙视和不屑，有一句没一句的言语传过来，大多是谩骂这趟火车坐的全是外地民工，真脏，单位不公同事不义云云。

　　这趟火车是新疆省际车，乘务员各个美丽优雅，态度和蔼，整个车厢非常干净，这是我坐过最好的火车了。我们在硬座车厢里很快就遇到了志同道合的牌友，他们是四川的务工青年，两男一女，尽管穿着土气，却老实而有教养，两个半小时的旅程，我们学着他们的方言交谈，玩得热火朝天不亦乐乎。转头再看高个男那一边，依旧是他吹毛求疵睥睨一切的话语，小个男胆怯的笑脸，以及其他两个乘客蒙头大睡的后脑勺。我心里隐隐担忧，我是怕我家儿子长成血气方刚的小子后，遇到这种浑身充满负能量的人无法应对。我要告诉孩子，哪怕吃亏当孬种，也不要和这种垃圾人较真，否则，他点燃的垃圾可能会毁掉我们毕生的希望。

生活教会我们绽放光芒，同时，也教会我们韬光养晦。

随　笔

　　路上驶过两个奔丧车，我想起自己的父亲母亲。从来没有直面过死亡，在心中，仿佛父母永远都不会离世，他们永远都那么健康。我们买房的时候，孩子上学的时候，甚至剁不开肉的时候，父母都像天兵天将一样第一时间降临到面前，我所有的成绩都需要他们肯定。

　　我的妈妈比百度还要厉害，她包罗万象无所不知无所不会，我的小拇指疼，她会治，我说眼睛酸，她马上就肯定是护肤品的问题，而不是需要眼药水。

　　我的父亲就像银行提款机，大力水手一样，我们仨永远都没有为筹钱发愁过，买房买车的时候，总是理直气壮地去娘家，有一年我把房子烧掉吓得跑了，父母亲来收拾焦黑的房间，一周后，他们交给我一个崭新的屋子，连每一根筷子都用钢丝球擦了一遍。

　　我不吃豆子，夏天的时候，他们会把豆子煮熟剥皮，洗干净后送过来；野菜挖来择干净，做成八分熟分小包送来；肉切成小方块一包包码齐送过来，还要分好是吃饺子的肉还是炒菜的肉……

我们都习惯了强大的父母，我以为他们长生不老。他们怎么会死呢？他们死了我们咋办呢？父母是挡在死亡面前的一堵墙，我们在墙内喜乐安康，墙外是不是充满了兵荒马乱？

在世间，每个人，在一起的缘分，就像两个星球相遇一样短暂而难得，能见面的时候，哪怕千山万水，能在一起的时候，我希望，每一天都如初见，珍惜遇到，珍惜在你身边的人。

弹奏月色

月亮竟然有这样璀璨的光芒，出门毫无征兆地撞见这样的月色，心里一片水银落地。

同事去她老家好多天了，她快乐得不想回来上班了。我想不出有什么快乐，可以强大到可以抛弃丰衣足食和女性尊严的工作。

昨天去墓地时，阳光炙热，微风轻拂，夏虫声此起彼伏。不止一次，我想这个地方，在梦里也是一次次抵达，阳光永远让人睁不开眼睛，我想小时候爷爷威武高大幽默的样子，想他弥留之际极度渴望生的目光；我想奶奶抱着我看戏的时候，我穿着印着大红花的蓝裙子，那是童年难得的温暖。我永远都想在祖先的脚边睡着，像婴儿一样心无旁骛，故乡就是埋着你爷爷的爷爷，还有亲人的地方。

我想念老房子的六月，早上醒来，布谷鸟开始叫，中午半梦半醒之间，昆虫嗡嗡响。

很多年前有一个月亮很大的夜晚，和他在河边散步到天亮，布谷鸟早早叫了，我心想这就是地老天荒的模样了。直到后来背叛决裂前尘往事忽然就忘光了，每次做梦都是二十岁待字闺中的时光，思想真是很奇怪的存在，总是可以过滤掉那些伤筋动骨的往事，让惨淡记忆全都格式化了。

文字有起死回生神奇的效果，落笔时心沉到底，写到一半时不停掉眼泪，后来心情渐渐好了，睡眼蒙眬，想和内心和平相处，和年龄妥协。睡吧，也许明天醒来，阳光照进来，带来美好讯息，我会对自己说：love me today。

三千里外阳光的味道

昨天晾衣服的时候，看着被楼群和阳台分割成几缕的阳光，忽然就想起了过去的时光。

第一幕是童年的时候。母亲只二十六七岁，穿着白底小红点的确良衬衫，衬衫在夏日正午的阳光下白得炫目，她总是在这个时候，将我们带到村头小溪边，一边洗衣服，一边唱"甜蜜的种子，甜美的歌，给呀给明天"，踏在水里，看见水花一圈圈地像风一样散去，阳光下反射的缕缕银光，在母亲美丽的脸上闪动，像电影《泉水叮咚》中一样的画面。在我今后长达二十多年的成长岁月里，每当在赤日炎炎的中午，走在被晒得软乎乎的柏油马路上，脑中总浮现出水中那银灿灿的太阳和永远没有弄懂歌词的那首"甜蜜种子"。第二幕是八年前在肃南马蹄区工作的日子，也是夏天，漫山翠色欲滴，松柏挺拔，成群的牛羊在路边悠闲地吃草，偶尔有旱獭嘶叫和野兔跳跃的痕迹，惊鸿一瞥间，七彩的山鸡"咯咯咯"地从山尖低飞过，信鸽响着哨子在头顶掠过。天空蓝得失了真，是那种被清水漂过的颜色，透明得能照出人影儿。躺在马莲花丛中，太阳铺排下来，仿佛透过每一个细胞每一脉血管，充耳的只剩下牛羊吃草的沙沙声，花儿细懒懒的绽放声，夏虫嗡嗡嗡的低唱声。无风吹过，整个世界仿佛静止，一股蛮荒时代的懒怠和不真实感涌上来，一如生活在真空，远远地见牧羊女搭晒在灌木丛中的衣物，艳丽得触目惊心，便想我若是那牧羊女，整日穿红着绿，日日和我心上之人唱着草原牧歌，素面朝天，让阳光将脸儿晒黑晒红，无私无欲，单单纯纯地生活，多美多美。

还有一幕也是与阳光有关的，只是现在想起多少有些惆怅。那是十六七岁的阳光，每到夕阳西下，我们便到学校附近的公园里背书，七月的天气，野玫瑰一簇簇开得正旺，花香袭人，微风拂过花瓣纷飞，背到"年年岁岁花相似，岁岁年年人不同""夕阳西下，断肠人在天涯"时，泪水便涔涔而下，想着今年花事已过，不知明年是否还有相同的风景，高考迫在眉睫，前路这样未卜，明年今日，又在天涯何处。抬头看夕阳，仿佛也被罩上淡淡忧伤。许多年以后，每每到日落时候，那种只有少年时才有的忧伤，像定格在脑海中的图画，不忍翻起。

再后来到城市，为了生计，整日坐在阴阴的屋子里，抬头只见四角的天空，便开始强烈地思念过去阳光灿烂的日子，如果再回到从前，我还是要让长发披散下来，晒上满满的太阳味，夜夜散在枕上，让梦里也充满阳光。

原载于甘肃文化出版社出版的《裕固文艺作品选》

春天的无主题变奏

　　就像每一个春天一样，总是要有故事的，乍暖还寒，雪像小米粒一样撒下来。照例是会想起或思念某些人的，他曾在走过的日子里陪过你，像今天的天气一样，纯洁的，细细微微的关怀。过往的每个人，曾不顾一切地伤害过，非要打碎才显得孤绝。重拾起又有丝丝想念，想念是属于现在的。前些日子偶遇的他或她，握在手中的电话渐凉、渐淡，那一串铭记于心的数字却矜持地不再出现，无端猜忌，下狠心不再提起。忽一日，它又重新到你的电话里，只是寂廖的话语，淡淡的问候，心里已是波涛阵阵，雷声滚滚。

　　说到雷声，心一下就萌动了。仿佛一个世界忽然苏醒的模样。听到春雷隆隆声，每个骨节都像拔长着，心年轻地期待着，像重获新生样。春雷时的天空是褐色的、湿漉漉的，像一幅水墨画，浓浓郁郁，氤氤氲氲，像云烟滚滚的模样。不过，烟是干巴巴的，张扬着的，一袅袅的，天是水灵灵、温润润的，像手中握久的一抹墨玉，通人性的温润感。在春日午后，阳光明媚，天蓝得像恐龙时代的，空气中横飞飘溢着满满的太阳味，黄褐色的山只有石子和土，骤然间就这样简单地、无辜地坦在天空下。很黄的土地上几棵白杨笔直地立着，枝缝间天蓝得让人透不过气，树枝也像是骄傲着，但不张扬。远处有农民牵着褐色的驴子缓缓走动，却像静止了的光阴，河水待融未融，一处青一处白，没有通常人笔下写的"祁连山角下的水，流动的清澈见底，冬季像一条雪白的哈达……"完全不是，是有些家常的水，泉眼中冒出来一样，懒洋洋、安安静静的模样。坦荡、随意，是亲切的。

也曾向往南国的婉约精致，但北国的苍凉和豪放像深入骨髓，连同自己的相貌一样也变得大气而美丽，连血也成了北方的模样，坚韧而利落。

爱和情也依然是刻骨铭心的，只是不像年少时，非要惊天地泣鬼神才算快意，看着身边的他日渐稀疏的头发，梦中也皱紧的眉头，怜惜顿生，可怜他日日奔波和身不由己的应酬。看他责打过不争气的孩子后，颓然跌落在角落里，烟蒂明明灭灭，任夜晚又到清晨，还是可怜他，心底柔软到一触有泪涌出。

也会有另外的时候，曾擦肩而过的优秀而冷漠的男子，骄傲而沉静的女子，某个夏日午后，不期而遇，一见如故，听他缓缓倾诉着风光面具后面的无奈和困顿，至真至诚；与她惺惺相惜，在暗夜里，互相点暖一盏灯，一任坏情绪在她温软的话语中烟消云散，是怎样明媚的友情呀。

这样的季节，延伸出这么多的欢欣、无奈和美好的情怀，总是美好的；还能有泪，还记得爱，总是好的。就像在这样的春夜里，在晕黄的灯光下，我听笔在纸上的沙沙声，心绪便幸福地漫开了。

原载于2006年第6期《牧笛》

成长故事

　　我的童年，处于物质生活和精神生活都十分匮乏的年代。在我七岁前的记忆里，所有看过的书籍只有印着伟大领袖肖像的报纸和被社员打满叉的"四人帮"头像。

　　小学二年级时，我迷上了白话文《西游记》，整日沉浸在孙悟空斩妖除魔的英雄故事里，幻想着自己若有七十二般变化，就能留一个假身在课堂，真身到某个商店偷吃几粒牛奶糖。母亲见我整日魂不守舍，茶饭不思的模样，偷偷将书塞进厕所墙缝里，从此后，上厕所就成了我最大的乐趣，在老家的旱厕里，我整整看了三年《西游记》，直至倒背如流，依然爱不释手。

　　上五年级时，我用一块面包换了一本《聊斋志异》，每晚做完作业，便躲在西屋一个人啃"聊斋"，因为是文言文读本，所以读得很慢，寂静的夜晚，书中的神神怪怪好像在屋里窃窃私语，偷偷窥测着，我吓得像钉在椅子上，头发一根根地立起来，却不敢让眼睛离开书，生怕一动，那些躲在暗处的精灵会忽然走到跟前，在恐惧和强烈的吸引中，我读完了《聊斋志异》。

十七岁时，我又迷上了琼瑶。《碧云天》《寒烟翠》《问斜阳》……那一串串古诗样美丽的书名，那一段段至真至纯如水如酒的爱情故事，让我陶醉其中，流连忘返。我至今感谢琼瑶，她那海市蜃楼般的爱情故事，给了我青春岁月最美好的幻想，她影响着我们那一个年纪少女的梦想，让我们的感情都纯洁而忧伤起来。

我深刻认识名著是二十岁了，那年我的生活出了一些小故障，在举目无亲、极度忧郁中，我借了一本司汤达的《红与黑》。外国名著，初读时常记不清人名、地名，甚至连内容都有些晦涩，可当努力压制自己读完它后，竟然有了一种被洗礼的感觉，"人类一思索，上帝就发笑"，个人的所谓痛苦，在这篇文学巨著面前，滑稽而渺小，它像一把尖刀一样，剖开你的心，刮去心尖的腐肉，疼痛又舒服。

此后，我又喜欢上了外国名著，在兰州求学时，我看完了《呼啸山庄》《嘉丽妹妹》《三个火枪手》等，每看完一本，思想很快升华一次。

工作以后，大多数时间，我都翻一些娱乐性、趣味性较强的杂志，大多是些应景应时而作的小散文，晶莹剔透的小女人文章，深刻隽永的哲理性小品文，诸如《读者》《女友》等时尚又美丽的杂志。

我一直不爱读《三国》和《水浒》，杀戮太重，贯穿始终。独处时，我常思考，这个世界没有书，真不知要如何生活下去。在二十年里，我每晚睡前看书、吃饭看书，如果一日中断，食之无味夜不能寐，我真感谢父母，给了我一双明亮的眼睛和早慧的心，让我读了二十年书，视网膜坚强得如铁丝网一样，我更感谢那些伟大的出名或不出名的作家，写给了我一辈子取之不尽、用之不竭、读之不完的书籍。

原载于2002年《牧笛》创刊号

又见东柳

　　美丽是穿越时空的，像定格在幕布上美的画，卷起摆放在某个角落，多年后，不经意翻开它，那种似曾相识的思念便慢慢泛上来。

　　我又来到东柳沟，与前次来相隔整整十年了，十年在岁月长河中仅是一瞬，而与我却恍如隔世。前世的思念像漫地的绿色扑面而来。

　　我和父亲曾在这儿放过牧，那时正是盛夏，山沟里马莲花遍地开放，远望去，蓝茵茵的一片，像烟一样随风送来清新的花瓣味，越往山里走，风景便层次有致，更加婀娜多姿起来，"乱花渐欲迷人眼"，骑在马上，野玫瑰花层层落落挡住去路，成千的蝴蝶被花刺伤翅膀，扑闪在花丛中，酸刺花、野枣花，许多叫不出名字的野花争着向你伸出翅膀，整个山谷都弥漫着花香味，不但是人，连马也迷醉了。

　　那时，我便整日躺在花丛中，戴着野花环，看着天空，天蓝得失了真，像刚被水浸过的一样，明净得能照出人影儿，是那种梦里才有的颜色。

再后来，我到外地上学，那里的天灰蒙蒙的，太阳出来时，就像剥了壳的蛋，红突突的。两年里，我竟然没有见过瓦蓝的天空。那时我疯狂地想家，想童年时住过的东柳沟，我绘声绘色地对同学们讲述我的家乡有多美，天有多蓝，他们便用疑惑的目光看我。这个地方，寄托了我少年时浓重的乡愁。

今天，又来到这里，已是初秋，"碧云天，黄叶地，秋色连波，波上寒烟翠"，千百年前的风光，如今依旧，天好像突然高了，冷冷地，远远地依旧美丽着，成群的野鸟在草丛中自在觅食，一听到响动，便扑闪着翅膀奔向山顶久久盘旋着，密密麻麻的野山果，沉甸甸地挂在枝头，漫山遍野红彤彤、黄灿灿的一片……居然一点都没有变呀，这对我是怎样的安慰呀！斗转星移，美丽的东柳沟依然那样"巧笑倩兮，美目盼兮"，像一位含情少女俏生生地站在你面前，让你心动，让你心悸。

乡愁啊，原以为只有离开你才会有，如今我才知道，因为怕你的美丽从来不为谁停留，怕在你面前我只是过客，不能永远拥有你的一束花、一棵草，其实这又何必，看见你亘古不变的样子，才是我心中最隐秘的归宿。